16/17 Mars 1908

marqué P

ATELIER

LOUIS WATELIN

Mars 1908

Héliogravure et Impressions
I. SCHILLER
15, Faubourg Montmartre, Paris

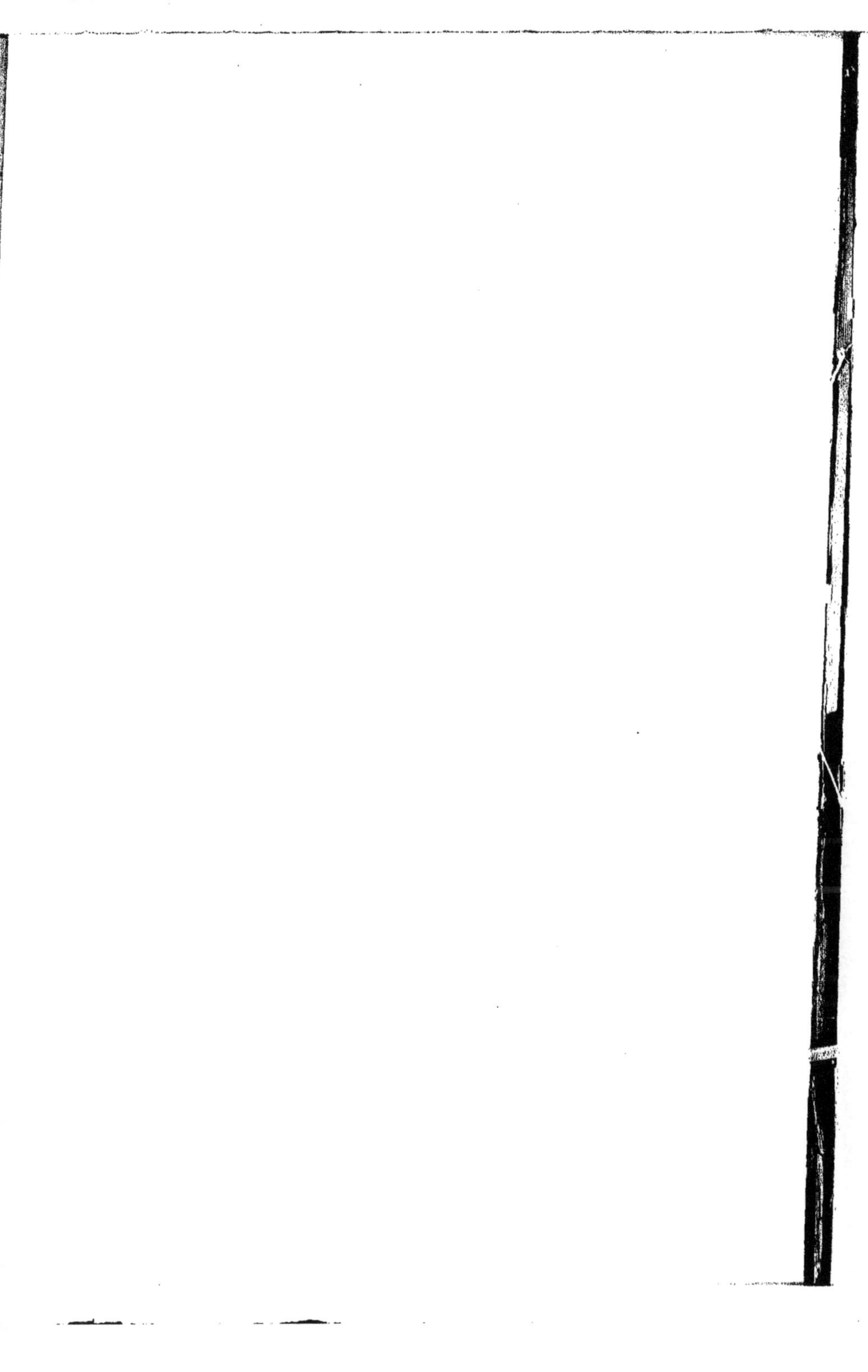

ATELIER

LOUIS WATELIN

CONDITIONS DE LA VENTE

Elle sera faite au comptant.

Les adjudicataires paieront *dix pour cent* en sus des enchères.

ORDRE DES VACATIONS

LE LUNDI 16 MARS 1908,

Tableaux et Études, les numéros pairs.

LE MARDI 17 MARS 1908,

Tableaux et Études, les numéros impairs.

Sur les Tableaux et Études ne portant pas la signature autographe de LOUIS WATELIN, a été apposé ce cachet reproduisant cette signature :

CATALOGUE

DES

TABLEAUX

ÉTUDES

[illegible]

[illegible] WATELIN

[illegible]

[illegible]

[illegible]

[illegible]

[illegible]

EXPOSITION

[illegible] 10 Mars [illegible]

[illegible]

[illegible]

CATALOGUE

DES

TABLEAUX

ET

ÉTUDES

PROVENANT DE L'ATELIER

LOUIS WATELIN

et dont la Vente aura lieu

HOTEL DROUOT. — SALLES 7 & 8

Les Lundi 16 et Mardi 17 Mars 1908, à 2 heures

Me F. LAIR-DUBREUIL
COMMISSAIRE-PRISEUR
6, Rue Favart, 6

MM. J. CHAINE & SIMONSON
EXPERTS
19, Rue Caumartin, 19

EXPOSITIONS

Particulière, le Samedi 14 Mars 1908, de 1 h. 1/2 à 5 h. 1/2
ENTRÉE PAR LA RUE GRANGE-BATELIÈRE

Publique, le Dimanche 15 Mars 1908, de 1 h. 1/2 à 5 h. 1/2

PRÉFACE

Dans la grande cohue des producteurs d'art qui ont hâte d'arriver au succès, sans souci de mesurer toujours exactement l'effort de leur talent à l'appétit qu'ils ont d'être célèbres, dans cette bataille âpre, continue, inégale, où il paraît bien que le laurier ne va pas toujours au plus méritant, il y a parfois des artistes qui semblent se désintéresser de la faveur contemporaine et ne considérer de joie que celle qu'ils trouvent dans l'intime communion de leur art. Ils ont la bonne chance de ne point voir s'interposer entre leur conscience et leur idéal la fantasmagorie d'aspirations qui, peut-être, sont glorieuses pour d'autres, mais ne les ensorcellent pas, et ils poursuivent sans bruit vain, sans éclat de mauvais aloi, une carrière droite, toute marquée d'œuvres assurées de vivre, parce qu'ils y ont fait s'épanouir la fleur de leur âme, probe, sincère, et simplement émue.

Watelin, qui mourut il y a quelques mois, et dont on va disperser l'atelier fut de ces heureux, et lorsque les amateurs, qui n'ont de son talent et de son labeur d'artiste qu'une idée incomplète, verront, à l'exposition, tout ce qu'il avait gardé par devers lui de ses notations de nature, si fermes, si justes, si caressantes en leur vérité, j'imagine qu'ils auront la révélation précise que ce peintre mérite sa place — et une place enviée — parmi les artistes qui, aux environs de 1870, ont continué la recherche de vibration atmosphérique et de réalisme sentimental de l'admirable et si française phalange de 1830.

Né en 1838 à Paris, Watelin travailla d'abord avec Diaz, à Barbizon. Ce fut pour lui le temps des études en forêt, des coups de soleil sur l'écorce rugueuse des vieux arbres, des gazes irisées des nuages apparus à travers le tamis des branches, des mousses vertes rampant sur les bosses des rochers, des sentiers étroits serpentant sous les ramures ou des herbes usées au long d'une plaine et indiquant le chemin qui mène au prochain hameau : confidences de nature, peintes sobrement, sincèrement, par un artiste qui sait son art et se défie un peu de livrer trop complètement son émotion. Ceci est une remarque qui ne fait nul tort à l'intérêt que présentent les œuvres de la première manière de Watelin. Chez Rousseau, à une époque de sa vie, on note également cette retenue dans l'émotion, comme si l'artiste, en se livrant complètement, avait peur de trahir cette sorte d'étroite intimité de son moi sensitif, qui est, pour ainsi dire, la pudeur de l'inspiration. Chez Watelin, cette première étape fut interrompue par l'année 1870, pendant laquelle il fit la campagne à l'armée de l'Est, fut interné en Suisse comme prisonnier de guerre et s'évada sur le lac de Genève.

Après la guerre, il s'en fut retrouver Diaz, dans l'atelier fameux du boulevard de Clichy, et prit un atelier dans le même immeuble. C'est alors qu'il connut le grand peintre animalier Emile Van Marcke, dont il devint l'élève et le gendre.

A l'école de Van Marcke, Watelin devait modifier sa manière. Il se mit à travailler l'animal, et il le fit avec d'autant plus de sûreté que nul, mieux que Van Marcke, ne pouvait lui donner la compréhension de la calme beauté des ruminants dans l'harmonie naturelle. Ce fut la seconde étape de la carrière de Watelin.

Pendant un temps on ne vit plus de lui que des figures de bœufs ou de vaches, des bêtes vigoureusement établies, d'une ostéologie renseignée, d'un mouvement toujours observé, avec, dans le regard, la part d'instinct convenable, sans exagération d'expression. On en a catalogué plusieurs dans les pages qui vont suivre. Ce sont de forts morceaux de peinture, d'un caractère indéniable et d'une consultation précieuse pour qui se donnera la peine de les étudier.

Mais c'est surtout à la troisième manière que je m'arrête, parce que c'est elle qui porte le plus parfaitement la mesure de la personnalité de Watelin.

Il avait fait du paysage sans tenir compte des figures qui pouvaient y surgir. Il avait peint des animaux sans tenir compte du paysage qui se dressait autour d'eux. Dans sa troisième manière, il nous donna la symphonie complète; ce ne sont plus seulement quelques-unes des familles d'instrument, c'est l'orchestre tout entier ; les animaux sont dans le paysage, à l'échelle qui convient et le paysage autour des animaux ne prend pas plus d'importance qu'il ne faut.

Et que de jolies pages il a créées dans cette dernière étape! Comme on sent que, en pleine possession de ce qu'il veut, l'effort lui est une joie, un besoin, une soif, qu'un labeur constant lui permet de satisfaire.

Il y a dans cette partie de l'œuvre toute une série de tableaux, petits et grands, qui vous attirent, vous retiennent, vous charment par l'émotion intime et la fine compréhension de nature dont ils témoignent. Et quand je dis : émotion intime, j'entends que le peintre s'est défendu de magnifier le paysage par des moyens grandiloquents; il a senti la beauté et il la veut traduire telle qu'elle a retenti sur son entendement; il en donne le sentiment individuel, il ne prétend pas à donner un sentiment collectif. C'est cela qui amènera à son œuvre la sympathie de tous les gens de goût, de tous les connaisseurs.

Au moment où l'on va disperser l'atelier de Watelin, il m'a semblé que ces choses-là devaient être dites. De son vivant, il ne montrait nul souci qu'on s'occupât de lui; son effort d'art lui fournissait suffisamment de joies immédiates, pour qu'il n'en cherchât pas le contrôle autre part qu'en sa conscience. S'il exposait au Salon — où il obtint les médailles qui le mirent hors concours — c'était moins pour y guetter le succès, que pour lutter contre la qualification d'amateur que le public accorde si facilement à tout artiste qu'il connaît peu. Mais il convenait, à l'instant où l'ensemble de l'œuvre apparaît pour la dernière fois, de préciser le mérite de ce peintre qui eut la volonté de suivre jusqu'au bout le sillon qu'il s'était tracé et de défendre la doctrine saine et forte, qui était la sienne, avec autant de foi que de talent.

Et puis, il sied de ne point passer sous silence les qualités morales qui faisaient l'homme aussi intéressant que l'artiste. Sa bonté fut souvent mise à l'épreuve, et pendant les années où il fut choisi comme Membre du Comité de la Société Taylor, il sut appuyer avec sa chaleur de cœur coutumière, les sollicitations qui ne pouvaient trouver un avocat plus éloquent, plus convaincu, plus généreux.

28 Janvier 1908

L. ROGER-MILÈS.

Tableaux et Etudes

TABLEAUX

PAR

LOUIS WATELIN

DÉSIGNATION

1\. — **Une mare en forêt; Fontainebleau.**

Signé a Gauche.

Toile — H. 0.98 — L. 1.28

2\. — **Mare de l'Aigrette, près Marlotte.**

Signé a Droite.

Toile — H. 0.98 — L. 1.28

3\. — **Vache blanche
et vache brune à l'abreuvoir.**

Signé a Gauche.

Toile — H. 0.63 — L. 0.55

4. — **Vache blanche dans l'eau; plein soleil.**

Signé a Droite.

Toile — H. 0.61 — L. 0.50

5. — **Vache brune tachetée de blanc.**

Signé a Droite.

Toile — H. 0.56 — L. 0.46

6. — **Le long rocher; Fontainebleau.**

Signé a Droite.

Toile — H. 0.46 — L. 0.65

7. — **Vache blanche de profil; tachetée de brun.**

Signé a Droite.

Toile — H. 0.49 — L. 0.60

8. — **La Vanne; Boutencourt.**

Signé a Gauche.

Toile — H. 0.55 — L. 0.41

9. — **Roches et bouleaux; Fontainebleau.**

Signé a Droite.

Toile — H. 0.55 — L. 0.47

10. — **Lisière de forêt, à Marlotte.**

Signé a Droite.

Toile — H. 0.40 — L 0.55

Une mare en Forêt.
Fontainebleau

11. — L'Automne en forêt; Barbizon.

Signé a Gauche.

Toile — H. 0.40 — L. 0.56

12. — Etang, près d'Incheville; vallée de la Bresle.

Signé a Droite.

Toile — H. 0.38 — L. 0.55

13. — Trois vaches à l'abreuvoir.

Signé a Gauche.

Toile — H. 0.38 — L 0.55

14. — Vache rousse; plein soleil.

Signé a Droite.

Toile — H. 0.40 — L. 0.55

15. — Chemin dans la forêt de l'Isle-Adam.

Signé a Droite.

Toile — H. 0.47 — L. 0.38

16. — La Bresle à Blangy.

Signé a Gauche.

Toile — H. 0.40 — L. 0.55

17. — Clairière en forêt; Marlotte.

Signé a Gauche.

Toile — H. 0.38 — L. 0.47

18. — Vache brune à tête blanche.

Signé a Gauche.

Toile — H. 0.39 — L. 0.47

19. — Un marais à Boves; vallée de la Somme.

Signé a Droite.

Toile — H. 0.38 — L. 0.56

20. — Sentier dans la forêt; Fontainebleau.

Signé a Gauche.

Toile — H. 0.55 — L. 0.46

21. — Vaches au pâturage.

Signé a Gauche.

Toile — H. 0.39 — L. 0.56

22. — Clos en Normandie; effet de printemps.

Signé a Droite.

Toile — H. 0 39 — L. 0.46

23. — Rochers de Vitrac; Dordogne.

Signé a Gauche.

Toile — H. 0.33 — L. 0.46

24. — Vaches à l'abreuvoir.

Signé a Droite.

Toile — H. 0.56 — L. 0.46

25. — Vache blanche tachetée de noir; ciel nuageux.

SIGNÉ A DROITE.

Toile — H. 0.38 — L. 0.56

26. — Vache blonde; ciel bleu.

SIGNÉ A GAUCHE.

Toile — H. 0.33 — L. 0.46

27. — Vache noire paissant.

SIGNÉ A GAUCHE.

Toile — H. 0.33 — L. 0.47

28. — Vache caille.

SIGNÉ A GAUCHE.

Toile — H. 0.32 — L. 0.47

29. — Vache brune dans un pré.

SIGNÉ A DROITE.

Toile — H. 0.46 — L. 0.55

30. — Le pont du Communal, Neslette.

SIGNÉ A GAUCHE.

Toile — H. 0.33 — L. 0.47

31. — Pommiers en fleurs au bord d'un chemin.

SIGNÉ A DROITE.

Toile — H. 0.38 — L. 0.46

32. — Les étangs de Longpré; Somme.

Signé a Gauche.

Toile — H. 0.33 — L. 0.46

33. — Entrée du village d'Ansenne; vallée de la Bresle.

Signé a Gauche.

Toile — H. 0.41 — L. 0.33

34. — Etude de hêtre; Barbizon.

Signé a Gauche.

Toile — H. 0.50 — L. 0.33

35. — Mare en forêt; Fontainebleau.

Signé a Gauche.

Toile — H. 0.32 — L. 0.41

36. — Etude de hêtre; Barbizon.

Signé a Droite.

Toile — H. 0.50 — L. 0.30

37. — Vache blanche tachetée de noir et vache brune.

Signé a Gauche.

Toile — H. 0.46 — L. 0.55

38. — Vaches arrivant au pré.

Signé a Gauche.

Toile — H. 0.46 — L. 0.55

39. — **Vache rousse à tête blanche,**
au second plan, une autre de face.

Signé a Droite.

Toile — H. 0.39 — L. 0.55

40. — **Deux vaches près d'un saule.**

Signé a Droite.

Toile — H. 0.33 — L. 0.41

41. — **Le chemin de Montières; vallée de la Bresle.**

Signé a Gauche.

Toile — H. 0.33 — L. 0.46

42. — **Source du Pot Bouillant; bords du Loing.**

Signé a Droite.

Toile — H. 0.32 — L. 0.41

43. — **Le Communal de Boutencourt; vallée de la Bresle.**

Signé a Droite.

Toile — H. 0.30 — L. 0.41

44. — **Moulin de Nesles; vallée de la Bresle.**

Signé a Gauche.

Toile — H. 0.30 — L. 0.41

45. — **Vieille maison à Marlotte.**

SIGNÉ A DROITE.

Toile — H. 0.32 — L. 0.34

46. — **Bords de la Dordogne à Gros-Lejac.**

SIGNÉ A GAUCHE.

Toile — H. 0.33 — L, 0.46

47. — **Les bords de la Marne à Compertrix.**

SIGNÉ A GAUCHE.

Toile — H. 0.27 — L. 0.41

48. — **La mare aux fées; Marlotte.**

SIGNÉ A DROITE.

Toile — H. 0.32 — L. 0.41

49. — **Animaux dans la mare.**

SIGNÉ A GAUCHE.

Bois — H. 0.32 — L. 0.24

50. — **Vache blanche et noire et vache rousse.**

SIGNÉ A DROITE.

Toile — H. 0.33 — L. 0.47

51. — **Vache brune à tête blanche; ciel orageux.**

SIGNÉ A DROITE.

Toile — H. 0.32 — L. 0.46

Vache blanche et Vache brune
à l'abreuvoir

52. — **Un bras de la Marne à Châlons.**

Signé a Droite.

Toile — H. 0.27 — L. 0.35

53. — **La Dordogne à Siorac.**

Signé a Droite.

Toile — H. 0.22 — L. 0.33

54. — **Vache blanche et vache brune au bord du bois.**

Signé a Gauche.

Toile — H. 0.33 — L. 0.47

55. — **Vache rousse dans l'enclos.**

Signé a Droite.

Toile — H. 0.32 — L. 0.46

56. — **Vaches traversant l'eau.**

Signé a Droite.

Toile — H. 0.32 — L. 0.47

57. — **Lisière de bois; effet d'automne.**

Signé a Droite.

Toile — H. 0.32 — L. 0.46

58. — **Mare en forêt, près Marlotte.**

Signé a Gauche.

Toile — H. 0.41 — L. 0.33

59. — **Bords de la Meuse à Dordrecht.**

Signé a Gauche.

Toile — H. 0.30 — L. 0.39

60. — **Ferme de la Queyzie, Dordogne.**

Signé a Droite.

Toile — H. 0.38 — L. 0.55

61. — **Bords de la Dordogne au Buisson.**

Signé a Gauche.

Toile — H. 0.33 — L. 0.47

62. — **Château de Montfort, Dordogne.**

Signé a Gauche.

Toile — H. 0.38 — L. 0.55

63. — **Un chantier sur la Seine; Bas-Meudon.**

Signé a Gauche.

Toile — H. 0.23 — L. 0.39

64. — **Effet de printemps à Campagnac; Dordogne.**

Signé a Droite.

Toile — H. 0.33 — L. 0.40

65. — **Animaux dans les marais; vallée de la Bresle.**

Signé a Droite.

Toile — H. 0.27 — L. 0.35.

66. — **Le village d'Oo; environs de Luchon.**

Signé a Gauche.

Toile — H. 0.25 — L. 0.33

67. — **Bords du Loing; effet de brouillard.**

Signé a Gauche.

Toile — H. 0.27 — L. 0.41

68. — **Effet de neige à Barbizon.**

Signé a Droite.

Toile — H. 0.32 — L. 0.46

69. — **Bords du Loing.**

Signé a Gauche.

Toile — H. 0.30 — L. 0.41

70. — **Clairière; forêt de Fontainebleau.**

Signé a Gauche.

Toile — H. 0.27 — L. 0.40

71. — Mare au long rocher; Fontainebleau.

SIGNÉ A DROITE.

Carton — H. 0.30 — L. 0.40

72. Moulin des Neslettes; vallée de la Bresle.

SIGNÉ A DROITE.

Carton — H. 0.30 — L. 0.40

73. — Chaumières; vallée de la Bresle.

SIGNÉ A GAUCHE.

Carton — H. 0.30 — L. 0.36

74. — Bords de la Bresle à Blangy.

SIGNÉ A GAUCHE.

Carton — H. 0.26 — L. 0.34

75. — Une bergerie à Rambures.

SIGNÉ A GAUCHE.

Carton — H. 0.28 — L. 0.36

76. — Métairie en Périgord.

SIGNÉ A DROITE.

Carton — H. 0.28 — L. 0.39

77. — Chaumière à Marlotte.

SIGNÉ A DROITE.

Carton — H. 0.30 — L. 0.40

78. — **Mesnil-val, près le Tréport.**

Signé a Droite.

Carton — H. 0.29 — L. 0.40

79. — **Le Communal de Montières; vallée de la Bresle.**

Signé a Droite.

Carton — H. 0.29 — L. 0.40

80. — **Sentier à Blangy.**

Signé a Gauche.

Carton — H. 0.29 — L. 0.40

81. — **Deux vaches brunes à l'abreuvoir.**

Signé a Droite.

Toile — H. 0.38 — L. 0.47

82. — **Vache brune à l'auge.**

Signé a Droite.

Toile — H. 0.32 — L. 0.47

83. — **Vaches dans l'herbage.**

Signé a Droite.

Toile — H. 0.27 — L. 0.42

84. — **Animaux dans la prairie.**

Signé a Droite.

Toile — H. 0.25 — L. 0.33

85. — **Vache de trois-quarts.**

SIGNÉ A GAUCHE.

Toile — H. 0.33 — L. 0.25

86. — **Vache noire et vache brune au soleil.**

SIGNÉ A GAUCHE.

Toile — H. 0.25 — L. 0.35

87. — **Deux vaches au pré.**

SIGNÉ A GAUCHE.

Toile — H. 0.27 — L. 0.35

88. — **Vache blonde tachetée de blanc.**

SIGNÉ A DROITE.

Toile — H. 0.25 — L. 0.33

89. — **Animaux dans la mare à Boutencourt.**

SIGNÉ A DROITE.

Toile — H. 0.27 — L. 0.35

90. — **Vache à l'étable.**

SIGNÉ A DROITE.

Carton — H. 0.30 — L. 0.40

91. — **Vache noire et blanche.**

SIGNÉ A DROITE.

Carton — H. 0.30 — L. 0.36

92. — **Vache rousse et blanche couchée à l'étable.**

Signé a Droite.

Carton — H. 0.30 — L. 0.40

93. — **Vache blanche tachetée de noir, sortant de la mare.**

Signé a Gauche.

Carton — H. 0.30 — L. 0.39

94. — **Sortie du Communal de Boutencourt.**

Signé a Gauche.

Toile — H. 0.27 — L. 0.41

95. — **Une mare à Ansenne.**

Signé a Gauche.

Toile — H. 0.27 — L. 0.41

96. — **La Marne à Châlons.**

Signé a Gauche.

Toile — H. 0.25 — L. 0.33

97. — **Eglise de Recloses.**

Signé a Droite.

Toile — H. 0.24 — L. 0.33

98. — **Le bout du Long-Rocher à Marlotte.**

Signé a Gauche.

Carton — H. 0.30 — L. 0.39

99. — **La Bresle à Blangy.**

Signé a Droite.

Carton — H. 0.30 — L. 0.39

100. — **La ferme de Tiger à Boutencourt.**

Signé a Gauche.

Carton — H. 0.30 — L. 0.40

101. — **Ombelles sous un pommier.**

Signé a Gauche.

Carton — H. 0.32 — L. 0.28

102. — **Dans les marais de la Somme.**

Signé a Gauche.

Carton — H. 0.21 — L. 0.29

103. — **Canal à Haarlem.**

Signé a Droite.

Carton — H. 0.29 — L. 0.39

104. — **L'entrée du village de Bourron.**

Signé a Droite.

Carton — H. 0.24 — L. 0.36

105. — **Etang de Longpré; vallée de la Somme.**

Signé a Gauche.

Carton — H. 0.31 — L. 0.40

[illegible]

[illegible]

[illegible]

[illegible]

[illegible]

[illegible]

[illegible]

N° 1

Vache blanche dans l'eau;
Plein soleil

106. — Bras de la Bresle à Incheville.

Signé a Droite.

Carton — H. 0.35 — L. 0.30

107. — Les prairies de Gamaches; vallée de la Bresle.

Signé a Gauche.

Carton — H. 0.30 — L. 0.39

108. — Les étangs de Sacy-le-Grand.

Signé a Gauche.

Carton — H. 0.25 — L. 0.33

109. — Un moulin à Gamaches.

Signé a Gauche.

Carton — H. 0.30 — L. 0.36

110. — Animaux dans la prairie à Aumale.

Signé a Gauche.

Carton — H. 0.30 — L. 0.39

111. — Le chemin et l'église de St-Etienne.

Signé a Droite.

Carton — H. 0.30 — L. 0.40

112. — Vieux pommiers.

Signé a Droite.

Carton — H. 0.29 — L. 0.37

113. — **Animaux dans la Mare, près des Meules.**

SIGNÉ A GAUCHE.

Carton — H. 0.30 — L. 0.40

114. — **Le gué de Monchaux.**

SIGNÉ A GAUCHE.

Carton — H. 0.29 — L. 0.39

115. — **La Bresle à Senarpont.**

SIGNÉ A DROITE.

Carton — H. 0.30 — L. 0.40

116. — **Animaux dans la prairie de Montières.**

SIGNÉ A DROITE.

Carton — H. 0.30 — L. 0.39

117. — **Chaumières à Monchaux.**

SIGNÉ A DROITE.

Carton — H. 0.30 — L. 0.39

118 — **Vieux chemin à Sery.**

SIGNÉ A GAUCHE.

Carton — H. 0.29 — L. 0.37

119. — **Hameau à Watteblery.**

SIGNÉ A DROITE.

Carton — H. 0.40 — L. 0.30

120. — Le pont de Blangy.

SIGNÉ A DROITE.

Carton — H. 0.30 — L. 0.39

121. — Le village de Boutencourt.

SIGNÉ A GAUCHE.

Carton — H. 0.28 — L. 0.37

122. — Une passerelle à Senarpont.

SIGNÉ A DROITE.

Carton — H. 0.28 — L. 0.35

123. — Prairie à Campigny.

SIGNÉ A GAUCHE.

Carton — H. 0.31 — L. 0.40

124. — Le village d'Ansenne.

SIGNÉ A DROITE.

Carton — H. 0.30 — L. 0.40

125. — La Bresle à Vieux-Rouen.

SIGNÉ A DROITE.

Carton — H. 0.30 — L. 0.39

126. — Chemin défoncé en lisière de bois.

SIGNÉ A GAUCHE.

Carton — H. 0.29 — L. 0.37

127. — Le clos au bord de la Bresle.

Signé a Droite.

Carton — H. 0.28 — L. 0.36

128. — Chemin normand.

Signé a Gauche.

Carton — H. 0.30 — L. 0.36

129. — Marais du Loing.

Signé a Gauche.

Carton — H. 0.29 — L. 0.38

130. — Chemin inondé dans la forêt.

Signé a Gauche.

Carton — H. 0.30 — L. 0.40

131. — La Bresle au Tréport.

Signé a Droite.

Carton — H. 0.29 — L. 0.39

132. — Rideau de peupliers en Normandie.

Signé a Gauche.

Carton — H. 0.30 — L. 0.40

133. — Troupeau d'animaux sous bois.

Signé a Gauche.

Carton — H. 0.27 — L. 0.34

Vache blanche tachetée de brun

134. — **Le parc aux moutons.**

SIGNÉ A DROITE.

Carton — H. 0.26 — L. 0.35

135. — **Moulin vieux à Incheville.**

SIGNÉ A DROITE.

Carton — H. 0.29 — L. 0.37

136. — **Scierie à Neslettes.**

SIGNÉ A GAUCHE.

Carton — H. 0.29 — L. 0.37

137. — **Canal environs de Haarlem.**

SIGNÉ A DROITE.

Carton — H. 0.23 — L. 0.31

138. — **Moulin en Hollande.**

SIGNÉ A DROITE.

Carton — H. 0.29 — L. 0.39

139. — **La Meuse à Dordrecht.**

SIGNÉ A GAUCHE.

Carton — H. 0.30 — L. 0.39

140. — **Péniches à quai; Hollande.**

SIGNÉ A DROITE.

Carton — H. 0.39 — L. 0.29

141. — **La Bresle sous bois.**

Signé a Gauche.

Carton — H. 0.40 — L. 0.30

142. — **Bords du Loing; ciel orageux.**

Signé a Droite.

Carton — H. 0.30 — L. 0.40

143. — **Un quai à Haarlem.**

Signé a Droite.

Carton — H. 0.29 — L. 0.39

144. — **Marais de Bourbèles; effet d'orage.**

Signé a Gauche.

Carton — H. 0.30 — L. 0.39

145. — **Troupeau de moutons en lisière de bois.**

Signé a Gauche.

Bois — H. 0.19 — L. 0.27

146. — **Un hangar au bord de la Bresle.**

Signé a Droite.

Carton — H. 0.29 — L. 0.36

147. — **Lisière de la forêt d'Eu.**

Signé a Gauche.

Carton — H. 0.30 — L. 0.40

148. — Les marais à Ponts.

Signé a Droite.

Carton — H. 0.28 — L. 0.34

149. — Chemin à Monchaux.

Signé a Droite.

Carton — H. 0.28 — L. 0.35

150. — Les meules.

Signé a Droite.

Carton — H. 0.30 — L. 0.40

151. — La passerelle.

Signé a Droite.

Carton — H. 0.30 — L. 0.39

152. — Lisière de bois; temps de pluie.

Signé a Gauche.

Carton — H. 0.35 — L. 0.30

153. — Rives du Loing, près Moret.

Signé a Droite.

Carton — H. 0.39 — L. 0.29

154. — Effet de brouillard.

Signé a Droite.

Carton — H. 0.28 — L. 0.35

155. — Troupeau de moutons dans un chemin.

Signé a droite.

Carton — H. 0.31 — L. 0.20

156. — Un clos en Normandie.

Signé a droite.

Carton — H. 0.26 — L. 0.33

157. — Communal de Gamaches.

Signé a droite.

Carton — H. 0.25 — L. 0.33

158. — Moulin des Chappelottes; vallée du Loing.

Signé a droite.

Carton — H. 0.30 — L. 0.40

159. — Vieille maison à Luchon.

Signé a droite.

Carton — H. 0.36 — L. 0.30

160. — Bords du Loing à Gretz.

Signé a droite.

Carton — H. 0.30 — L. 0.40

161. — Chevaux rentrant à la ferme.

Signé a droite.

Carton — H. 0.40 — L. 0.30

162. — **Rivière sous bois.**

SIGNÉ A DROITE.

Carton — H. 0.40 — L. 0.30

ÉTUDES

163. — **Vache blanche et noire couchée.**

SIGNÉ A DROITE.

Toile — H. 0.25 — L. 0.35

164. — **Vache rousse.**

SIGNÉ A DROITE.

Carton — H. 0.27 — L. 0.33

165. — **Animaux couchés.**

SIGNÉ A DROITE.

Carton — H. 0.30 — L. 0.39

166. — **Vache blanche couchée.**

SIGNÉ A DROITE.

Carton — H. 0.28 — L. 0.40

167. — **Vache brune et vache blanche.**

Signé a Droite.

Carton — H. 0.28 — L. 0.34

168. — **Vache brune vue de dos.**

Signé a Droite.

Carton — H. 0.23 — L. 0.30

169. — **Vache de dos et vache de face.**

Signé a Droite.

Carton — H. 0.27 — L. 0.34

170. — **Animaux couchés.**

Signé a Droite.

Carton — H. 0.30 — L. 0.40

171. — **Génisse noire et blanche.**

Signé a Droite.

Carton — H. 0.30 — L. 0.36

172. — **Veaux debout et couchés.**

Signé a Droite.

Carton — H. 0.29 — L. 0.38

173. — **Vache blanche couchée.**

Signé a Droite.

Carton — H. 0.24 — L. 0.30

N° 10

Lisière de forêt à Marlotte

174. — Vache brune couchée.

Signé a Droite.

Carton — H. 0.25 — L. 0.36

175. — Vache rousse couchée; de face.

Signé a Droite.

Carton — H. 0.25 — L. 0.34

176. — Vaches couchées.

Signé a Droite.

Carton — H. 0.23 — L. 0.28

177. — Animaux couchés.

Signé a Droite.

Carton — H. 0.24 — L. 0.33

178. — Génisse brune.

Signé a Droite.

Carton — H. 0.27 — L. 0.30

179. — Hangar sous les pommiers.

Signé a Droite.

Carton — H. 0.29 — L. 0.40

180. — Une mare.

Signé a Droite.

Carton — H. 0.22 — L. 0.32

181. — Pommiers en fleurs.

SIGNÉ A DROITE.

Carton — H. 0.28 — L. 0.36

182. — Bruyères sous bois.

SIGNÉ A DROITE.

Carton — H. 0.32 — L. 0.25

183. — Bords de rivière.

SIGNÉ A DROITE.

Carton — H. 0.29 — L. 0.35

184. — Les coteaux de Gamaches.

SIGNÉ A DROITE.

Carton — H. 0.29 — L. 0.39

185. — Pâturages.

SIGNÉ A DROITE.

Carton — H. 0.29 — L. 0.39

186. — Marais.

SIGNÉ A DROITE.

Carton — H. 0.27 — L. 0.37

187. — Bords de la Bresle.

SIGNÉ A DROITE.

Carton — H. 0.28 — L. 0.37

188. — **Bords de rivière.**

Signé a Droite.

Carton — H. 0.28 — L. 0.39

189. — **Environs de Marlotte.**

Signé a Droite.

Carton — H. 0.40 — L. 0.30

190. — **Prairies aux environs du Tréport.**

Signé a Droite.

Carton — H. 0.30 — L. 0.40

191. — **Hameau dans les Pyrénées.**

Signé a Droite.

Carton — H. 0.30 — L. 0.40

192. — **Prairie, environs d'Eu.**

Signé a Droite.

Carton — H. 0.20 — L. 0.32

193. — **Une mare.**

Signé a Droite.

Carton — H. 0.25 — L. 0.33

194. — **Chaumière, près Marlotte.**

Signé a Droite.

Carton — H. 0.30 — L. 0.40

195. — Pommiers en fleurs.

Signé a droite.

Carton — H 0.25 — L. 0.32

196. — Les coteaux de Gamaches.

Signé a droite.

Carton — H. 0.19 — L. 0.30

197. — Groupe d'arbres.

Signé a droite.

Carton — H. 0.20 — L. 0.31

198. — Bords de la Bresle.

Signé a droite.

Carton — H. 0.22 — L. 0.27

199. — Jachères.

Signé a droite.

Carton — H. 0.30 — L. 0.39

200. — Communal de Nesles.

Signé a droite.

Carton — H. 0.30 — L. 0.40

www.ingramcontent.com/pod-product-compliance
Ingram Content Group UK Ltd.
Pitfield, Milton Keynes, MK11 3LW, UK
UKHW020952180726
13838UKWH00003B/1274